青苔

MOSS　鲁秦儿 著

天津出版传媒集团
百花文艺出版社

图书在版编目（CIP）数据

青苔 / 鲁秦儿著 . -- 天津 : 百花文艺出版社，2024.3
ISBN 978-7-5306-8790-1

Ⅰ . ①青… Ⅱ . ①鲁… Ⅲ . ①诗集－中国－当代 Ⅳ . ① I227

中国国家版本馆 CIP 数据核字 (2024) 第 049146 号

青苔
QINGTAI
鲁秦儿　著

出 版 人：薛印胜
责任编辑：郑　爽
装帧设计：百悦兰棠 [BAIYUE LANTANG]
出版发行：百花文艺出版社
地址：天津市和平区西康路 35 号　　**邮编**：300051
电话传真：+86-22-23332651（发行部）
+86-22-23332656（总编室）
+86-22-23332478（邮购部）
网址：http://www.baihuawenyi.com
印刷：廊坊市海涛印刷有限公司
开本：787 毫米 ×1092 毫米　1/16
字数：100 千字
印张：12
版次：2024 年 3 月第 1 版
印次：2024 年 3 月第 1 次印刷
定价：68.00 元

如有印装质量问题，请与廊坊市海涛印刷有限公司联系调换
地址：河北省廊坊市安次区码头镇金官屯村海涛印刷有限公司
电话：（0316）2516002　邮编：065000

心的流淌

韩鲁华

在读鲁秦儿创作的诗集《青苔》时，忽然从心里冒出一句话：心的流淌。

是的，鲁秦儿似乎在用她的诗印证着：诗不是写出来的，而是自然而然地从心底流淌出来的。

鲁秦儿不论为文还是作诗，都不是那么的刻意而为，而是率性而为之，或者是有感而发。现实或者生命记忆的情境，触发了内心的律动、心绪的涌动、情感的自然流露，顺手记录下来，便成了她的诗。这正是一种从内心发出的声音。

也许这是数十年文学阅读研究的根性所致。我总是认为，不论何种文体的文学艺术创作，归根结底，还是逃脱不了写什么与怎么写的问题。在读鲁秦儿第一部诗集时，就与她谈过此类的问题。由此在想：鲁秦儿的诗作为一种心音的流淌，这流淌的心音又是什么呢？

最为强烈的感受是爱。她的诗是她内心深处对爱的情愫的抒发。从她的诗歌作品中，可以读到一位诗人执着而宁静的爱。她是在用诗的方式，与自己深爱着的人对话、交谈，或是在倾诉。当然，这里的爱，自然是并不囿于男女之情，若那样，也许极易陷入狭小的心境。更多的是表达对于亲人、对于朋友、对于故乡以及对大自然的爱等。甚至我在阅读的过程中，感觉她是在与自己的精神对话。

在她心音的抒发中，乡愁占据了极为重要的地位。故乡的村庄院落，甚至是一条小路，或者一棵树，都寄予着她的思乡心绪。尤其是她的生活或是那些曾经陪伴她成长的物件，那些她最为熟知的生活记忆，已经融化在她的血液之中，成为她生命里的一种形态，凝结着她生命情感中深深的爱。这一切，也许与她从故乡田野走向高楼大厦的城市有关，与她生活的现实状态有关。离开故乡，方能感受到故乡的存在。实际上她是在抒发故乡之情中，寻求着自己精神的家园。偌大的城市，给了她现实的生活，却很难寄托她的精神。因为她的精神根脉还在故乡那田间小路上。

但是，人生就是一次旅途。这旅途也让她无法释怀，因而便有了人生旅途的心音。虽然这旅途有时是令人十分疲惫的，但其间也不乏哪怕是短暂的愉悦。她深爱着故乡，但也珍惜着时下的生存状态。也许她在内心深处，或是在精神情感上，来回奔波于这故乡与都市之间。也正是在这城与乡的奔波途中，她完善着自己生命存在的意义。

在鲁秦儿的诗中，几乎看不到对于社会大时代的激情抒发，她好像完全沉浸在自己的情感世界里。其实也不尽然。她是将社会时代推向了诗的背后，而她现实性的感知触发，无不是社会时代背景下所激起的心音的浪花，或者，映现着社会时代的深影，而最终归结为人的时下的情感心音。因为她所要抒发的不是风云翻滚、波浪汹涌，而是宁静心绪下，生命情感的静谧沉思。

将诗视为一种心音的自然而然地流淌，那鲁秦儿也就更加忠守于自己的心志。就此而言，作诗是鲁秦儿言志的方式。她的言志，不是刻意表达，而是一种自然的言说，或者倾诉。也许正因为心音的自然流淌，所以，她的诗大多是随感而发，情之所动，志之而达，情志相融，因而诗也就成为她生命情感历程表现情态的真实记录。

近来，因忙于一本书的撰写、统稿，其他事情都推托掉了。鲁秦儿将诗稿发我让写序。她是我的一位老乡，我们有着共同的故乡情。阅读诗稿后，写下这粗浅的阅读印象。不妥之处，敬请批评。

是为序。

目　录

第一章　青　苔

第二章　黄昏的风

第三章　岁　月

第四章　面对大海

第五章　关于美

后　记

第一章　青　苔

青　苔

仿佛除了断裂的石桥
一切还是原来的模样
老屋的墙上
爬满了绿色
彰显着秩序和美

大树下
叶与叶说着彼此的心事
月光下，乘凉的人
讲着远古的故事
深巷中，隐约有笛声飘来
却不见儿时的少年

只是
瓦片上的青苔
仿佛是喧嚣后的寂寞
一节一节在疯长

月　光

月光
泛着白
漫过南山的脊梁
飞跃
大海沸腾着深蓝
一朵朵浪花争艳
绽开，迎接
这人间的皎洁

清　晨

清晨把梦安抚在他乡
与早起的白雾远行
田野的花和野草
感谢着昨日的雨水
让它们的身躯
多长了五厘米
鸟雀站在田埂上
等待着
从南山飞来的伴侣
当晨曦漫过山顶
云雀就开始了
它们的高歌

家　乡

与你分别后
就一路向西
途中
遇到山谷和溪水
并向它们祈求
最好别下雨
因为
母亲多年的风湿刚好

秋　雨

崖上的树叶飘落时
下了一场秋雨
雨水落入河流
因不兼容而
孤独
一只白鹭飞过
脱下白色羽毛
抚慰了那场雨水

风来时

那股风来时
桌上的百合开了
它必定是带着你期盼的人
身上的香气
昨夜写诗时
你把段落分得如此雅致
必定想到，多年前
他为你编制的
一层层花环

施　舍

我们的财富
或多或少
总有一天都要赠予别人
他可能不是你的孩子
也可能不是你指定的继承人
施舍不是欲望的出口
它是一个重生
施舍时不要痛苦
也无须得到更多的快乐
就像那花草
它身上的芳香
自然地
给山水带来无尽的清凉

农　夫

在梦想成真之前
他们用额头上的汗水
浇灌山河
他们豪迈、有尊严
不慵懒
他们播种时
带着爱，带着旭日的红晕
与大地共生

每一个黑夜都是白天

为了让人们，在暮色降临时
有家可归
瓦匠们点燃了万家灯火

河里的水草瘦了
萤火虫纷纷献上了它们的灯笼
当秋日落尽
大雪纷纷降落
雪花掩盖了丑陋
大地恢复了原来的模样

对大雪而言
每一个黑夜都是白天

天上的云像故乡的小镇

世间的人是天上的云朵
天上的云组成了故乡的小镇
小镇上飘着繁华的集市
集市上洋溢着
人间最美的烟火
商贩们在兜售着时令的节气
风起时
路旁的柳树摇曳着枝丫
仿佛讲着唐宋的诗词

当大雾迷漫
看不到故乡
小镇的影像
已倒映在心的山河

人　间

请你给我，哪怕
一缝隙的空间
让我躺进你的心田
像以前一样
你用左胳膊拥我入眠
阳光照在鸟雀嬉戏的田野上
这时微风和煦
你的身体充满欢愉
听我讲述
这悲喜人间

致远离

在一个春日
在一个等待的三月
风和云去了热闹的地方
屋后的苹果树洒满影子
像你留下满屏的忠告

我把你的足迹整理成诗句
写诗的时候
我和桌前的植物对话
绿叶的纹路是你留下的
最后的繁华

大自然繁衍着生生死死
滋生着爱和苦恼
当心柔软到一定的温度
可以丢掉一切
任他逃离，远走

归　途

在一个安静的下午
有微风
和一场突如其来的雨

花期没有被搁浅
树叶完成了使命
降落时
满怀喜悦

庭　院

母亲坐在院子里
缝补着日子
毛毯盖在她的腿上
裹住了大片的孤独

白鸽站在年迈的石榴树上
低语时
才惊动了她的安详

把我的爱带给太阳，带给风

和你在一起时
我把任何季节都当成春天
我爱正盛开的花
爱温煦的风
爱洁白的雪地
也爱消退的云

生活太平坦时
别忘记投入一颗石子
让路有崎岖
让水有涟漪
让人变得更有价值

把我的爱带给太阳，带给风
带给树，带给四季
让我们去最远的山坡
去看自由的枫树和百合
去听溪水淙淙
去感知山谷的神秘

如果把我的爱带给太阳，带给风
带给粉色的天空
舒展的大地、梦中的街巷
就没有任何忧伤

万物在春天起航

当万物在春天起航
无论是在古老的东方
还是在波士顿
那个长满青苔的老屋
都会在梦中出现

大地每天在运转
万物怎么能始终如一
浪花的疯长
还有那些热带雨林的簇拥
如此
请允许风和月聊一聊古桥
海外的港口和首都的城市
以至于让人间的
情怀更宽广

关于美德和罪恶
不要拘于形式、常规和偏见
在百花飘香的时刻
人与人之间做的事
应是毫无掩饰的纯粹

当船舶在黎明起航

不要试图挽留什么

否则

那些恐惧和悲伤会更加猛烈

三　月

风起的日子
三月在编织舞蹈
那些绿色
突然变得轻盈
浸泡的岁月在身体贴近晨曦时
显得开朗和低调

在阳光斑驳的下午
不同的鸟儿从四面八方飞来
原来人与人之间的思想
是惊人的相似
生命这回事儿
本就是从南到北的迁徙

万物总是在三月寻找生机
让灵魂埋在最深的泥土
以至于生长时
聆听到
大地分娩时最美的疼痛

春天，最好去秦岭采一次繁华的风

春天，最好去秦岭
采一次繁华的风
去山间无人的地方
看万物用最坚韧的力量破土
土地分娩时的疼痛
不需要形式

记得埋葬去年的落叶
让它化为春的力量
当山间飘过雾霭
那些长相守的誓言会随之改变
删除昨天
每天让自己有片刻难过的时光
或者拥抱一个拾荒者
让灵魂升腾

不要以爱的名义辱骂、管控
那是罪恶的
只要我们自己有坚强的心志
当草木出现了偏离和不忠
又如何

从一个时代走出

从一个时代走出
从一个旧梦里走出
步行到密西西比河
让大海的风
吹阔胸襟
让离别的悲伤
藏在鲸鱼发出的呢喃里

时光随着云朵行走
在百花盛开的春天
每一朵都有它的美貌和权威
如果你热爱一个时代
不必固执于一朵莲的盛开

当你站在张着白帆的船上
或一个风的出口
你的身姿会有一种力量、财富和美
当一个人的业绩、思想从云端坠落
前期塑造出的真相
就会轰然倒塌

行走岁月

不要考虑
北纬多少度才是我们最心仪的奔赴
只有在清晨
从昨夜的梦里走出
从商业、世俗里抽身
跳到诗句的琴弦上
灵魂才会跟着香甜而抖动

尽可能地不要在春天许下诺言
因为
过度地热爱一件事情或一个人
会使人满足
也会带来疼痛
没有什么让万物随机生长
是更了不起的事情

种子和泥土该怎样的亲密
才孕育出人人喜爱的春天
和名贵的城市
如果看到路边的栀子花正盛开
喷泉在怒放
那必定是另一个星系在为人类

喷洒雨露

没有什么本该是我们的
色彩来自太阳
地球是一首长诗
艺术家只是借机描绘
只有那个
独自坐在石板上的优雅女子
她衣裙上盛开的花纹
才完美无缺

春的思绪

三月的田野，三月的高原
已印在山河
长出清新的倒影
那片沁人心脾的绿
是时光记忆的标本

无论是鸟还是人类
如果能感知大地拔节时的疼痛
就是圣洁的领先者
对于未来
他头脑清晰、敏锐
犹如光电
给予人类无尽期许

当雪花退去，春草发芽
即便是困乏的日子
只要阳光照在柔软的夹缝里
那带着露珠的心绪，就能又一次
精神抖擞

旅　途

奔波在路上
阳光抚摸着路标和旁边的树
几只鸟在鸣叫
婉转且隐藏着生机
那片一会儿像山羊
一会儿像狮子的云
像极了那些美好的事
如此
以至于使我的旅途变得洁白

一路上什么都可能遇到
盛开的花朵
清澈或干枯的河流
充满热情的人
或有些装腔作势的麋鹿
哪怕遇上黑夜的雷雨
一想到
正奔赴开满鲜花的春天
山间的雾霭也跟着行走的天空
激情舞动

早安，春天

好多事物都源于春天
梦的惊醒
花的盛开
以及一粒种子的旅行
在这个能把往事清零
满是清晨露珠的春天
色彩迎着风
悄悄洒入大地

如果我的思绪枯竭到
只能写一首诗
那么，我就只写关于春天的诗
因为，一切美好的事物
只有在春天的泥土里
才会生根、发芽
释放芬芳
当心简单到只关注到一阵风
一棵树
一片原野
胸怀才会宽广到
热爱世间一切物种

大雪纷飞时，你站在大雁塔下

风起的日子
银杏叶落了一地
你在等一场
迟早要来的雪

冬月无声
却刻满时光的印记
大雪纷飞时，你站在大雁塔下
为了望一眼千古《诗经》
你的身躯
被鸣笛声驱赶成
一条瘦长的光影

为了相遇一场雪

为了相遇一场雪
路旁的香樟树放宽了衣衫
木槿悄悄收起了花环
只留枝丫
鸟儿穿越黑夜和清晨
穿越深邃、充满香气的黄昏
这些看起来
圣洁、悠远
你说
这样就很好
这就是最美的人间

第二章　黄昏的风

黄昏的风

关于黄昏的风，我想到了儿时的小镇
夕阳下，耕牛在田地里奋力奔跑
路旁的孩子吹着用树叶做成的柳笛
响成了田间的格言
黄昏的风吹进平常的日子
就是圣洁的唐诗宋词
我在诗词的水墨中往返
一遍又一遍
叶子青了又黄
春风走了又来
母亲站在桥头
盼归又怕归
在期待中站成了永恒

一场秋霜的降落

母亲的皱纹又多了一层时
我没有感到她的苍老
母亲的黑发又多了几许白时
我仍没有听到她的哀怨和叹息
可是，一场麦子打下来
一场秋霜的降落
一场大雪的纷飞
我听到了冗长四季的
破碎声音
悠长且沉重
于是，我想逃离久居的城市
回到有田地的乡村
种花，种草
我想告别一切繁华
告别拥挤和纷争
告别多彩的商业
只想
与年迈的母亲
在老屋的房前回顾儿时的趣事
与故乡
诉说浓浓的乡情

在这个满是风的黄昏

在这个满是风的黄昏
雨没有来
约好的飞鸟也没有来
我为八月写好的诗句
晾在庭院
许多时候
我想用某些文字来记录岁月
比如这个满是风的黄昏
比如在那个满是星辰的夜晚
如果一首空灵的音乐
也治愈不了一个人的悲伤
就在黎明前
删掉梦中发生过的虚无
向窗外看一看晨曦中透明的街景
听一听花开的声音
春天再来时
一切都如期而至

这世间

冬日，雨水泛白
思念落在长椅上
寂寥、悠远

一只白鸽飞过景点
重合在你走过的路
想一想这旅途
有你走过的足迹
那些疼痛和繁杂
就会渐变成
一种生机和美好

钟表冻结在墙上
记录了往日的繁华
你在午后遥望时
那些远去的日月
连同那些枯枝、败叶
在大气层无限轮回后
都将更新为
桌前喜欢的花朵

回 乡

当雪花在上空飞扬
站台的钟声在午夜敲响
他们密密麻麻地奔赴故乡
在这个冬的尽头
他们把一年来挣下的
艰辛和一股脑的
半生不熟的城市音调
通通装进口袋
包扎成
一束光
献给在门口痴痴守望的
那棵梧桐

这些美丽的风景

这些景色只为你的到来
变得更为柔美
花儿浅笑
树叶飘摇
百合花释放着无瑕的蜜语
为了你
我在写诗的时候
加上更多的修饰
当音乐与心事重合
我在圣洁的诗行中一次次重生
这些美丽的风景
从远古，从山巅
从一颗心到另一颗心
从一个时空再到另一个时空
色彩都惊人的相似
纵然这海水永远深蓝
我的心境却不常有
浪花飞溅时所带来的繁花
或许我想起那晚的星空
你多彩又幽静的呢喃
才使我在最黑的夜
看到闪电般的光影

秋 思

一阵秋风吹来时
落叶带着天空的眷恋
亲近大地
那些孤寂和繁华
生长得过于饱满
使秋色过于沉重

庄园拥着秋天，把金黄洒在胸膛
那些远去的、未来的雨水
像叶的纹路
收藏在大地的诗简上

我一再按住青春的发丝
不敢老去
一如按住秋风
不让它扫尽落叶
生出倦容
如果秋天的惆怅里没有消沉
清晨的第一滴露珠
将引领我相遇
昨夜梦中最美的那片红叶

想想他在远方
浇花，除草
在落日下遥望
我的诗句就多了几许颤动

静　物

或许，有一天
风和白云走出我的诗句
连一声咳嗽都没有

那些哀伤的句子
沉默着
像摆了多年的静物
像废弃的兵马
像在秋天里被收割的
庄稼地

誓　言

人世间，所有的誓言
都是孤独的
像火、像风
从四面八方扑来
燃烧后
形成一个个日子
铺在胸膛

从早晨发出的问候

没有什么比早上的露珠
更真实，更有力
虽然昨晚的梦
美得让人想哭

可清晨的问候
像温情的音乐
惊醒了一切可有可无的虚无

没有什么比早上的问候
更亲切、更温暖
除了爱情

为雪支起火炉

北风把雪撂下
站在庭院的孩子
用被冻得发红的双手
为雪支起了火炉

秋天之后还有什么
你修补着那块残缺的云
风绕道而过
我走了走你生活过的地方
拍了些山水、草木
量了量雪的尺寸
做印记

天黑前我要再回到牧场
为那些牛羊
清扫一次灰尘

一片叶子的落下

那片叶子落下时
秋风也来了
你走出帐篷
篝火正燃起
欢腾、热烈、私语
回首白天
蝉在树上鸣唱
街上叫卖声繁忙
这一切都迎接着秋天的到来
草地上
那个倔强的背影
目送着春天时开得正艳的花
牧场上，万马奔腾
你挥手举鞭的样子
像极了一个青春少年
那晚的篝火
终是没有能挽留你
你只是在沙滩上
刻着远方人的名字
请求海水洗掉他身上的悲伤
为了让昨天成为传奇
他爱一切有灵性的物种

石板桥、红杉树、篱笆墙
浩瀚的海水和儿时的旧屋
以及一片叶子的落下

关于夏天

关于夏天，我们该说些什么
绿油油的河流
遍地的藤蔓
还有开满鲜花的原野
可是，这些只是被幸运抽中的字符
像大海因沸腾升起的那朵浪花

浩瀚的光阴像永远走不尽的隧道
奔跑的人们，跋山涉水
急切地渴望着光亮
渴望着崭新的雨露
天黑后
暗涌中总有
语言在闪耀
光明和黑暗之间
没有界线

夏天不仅仅是一个篇章
它有七月的惊雷
八月的炙热
以及九月的平静
可是，对于大地和江河

它就是整整的
人间一生啊

日　子

当天空皱起前额
过去的那串日子
就被挂在篱笆上
明媚褪去了光泽
任岁月打包成一沓回忆
或许穿越经年后
走到某个渡口
被卡住的身躯
才想起
篱笆上被风干多年的风铃

七　月

七月的雷声惊到
熟睡的樟树
枝丫凌乱一地
愧疚的天空
安抚在她柔弱的肩头
有谁知道
旁边的风信子
浓密的黑色睫毛下
被击中多少忧伤

等一场雨

我伏在天空的脚下
等一场雨
为了这份清凉
我愿把昨天种在土里
把爱藏在七月
把高贵变为虚无

我站在日子的边沿
等一场雨
雨后
风信子的诗篇将开满整个午夜
如果，活着的终归会死去
我只想在火热的季节
等一场雨
走一走孤独的乡村
种一颗
洁净的梦

去庄园的路上

在去庄园的路上
我不再想明天的晨会上该谈些什么
不再想该如何研发最精端的科技
来治愈人间的疾痛
比起那些口齿伶俐的人
我没有责怪我的寡言
或许只有沉默才能唤醒
沉睡在心底
千年的梦境

在去庄园的路上
我不会将赞美当成春天
不再将整个盛夏
当成一年里最炙热的丰收誓言
我希望掀开秋天华丽的外套后
看到的是
水灵灵的鲜花
和金黄的桂冠

在去庄园的路上
我只细心地留意踏在青石板上
密集且饱含情感的脚步

那铿锵有力的声音

或许会让我幻想一件事情

与某个人在某个小镇

共享无尽的黄昏

你会为我种下满天星辰

你深邃的眸子
像一对星
柔而闪亮
红润且饱满的身躯
从草叶中抽离时
已走好远
远到光阴的末端
但几亿万年后
你会为我
种下满天星辰
用花开的声音
来治愈
我的悲伤

最好在黎明前落一场雪

那件没有任何修饰的衣裳
我穿了多年
当我走到有船只的渡口
海上的风标
赠我一束微光
敷在没有刺绣的面纱上
当鲸鱼和波涛私语时
我做了一整夜
没有兵荒马乱的梦
今夜，或许没有月亮
但有人却在
有诗韵的夜空
穿越黑暗的丛林
纯洁的血液将会
输入青色的管道
当天空寂静到
只有婴儿的喃语
最好在黎明前落一场雪
橡树和菩提树
都挂满银色星辰

和我一起回忆

和我一起回忆吧
古城的天空
含羞的玫瑰
温柔高贵的母亲
走在前方甩着大步的父亲
还有不夜城的如幻缤纷
它们已绽放成永远的烙印
站在历史的盛唐广场
看音乐喷泉在跳舞
南边与北边的水滴
双眸对视时
盛开的浪花
像空中的云朵
在月光的皎洁中翻滚
当盛夏来临
我与你牵手在满是鲜花的街道
那绿得沁人心脾的街巷
已分不清白天和黑夜

给父亲写首诗

父亲用坚毅的眼神
宽大又结实的肩膀
粗糙又温暖的大手
抚慰着岁月
抚慰着生生不息的白天与黑夜

父亲的日子里没有诗意
更没有远方
他背着日月
带着星辰
一年又一年
行走在繁华又萧条的小镇

此刻，我踏着父亲走过的足迹
来到小镇庄园
我拥抱了多年无人认领的风物
采摘了紫苏、百草香、薄荷草
把它们揉成光阴的思绪
写成一首关于父亲
关于故乡的诗行
洒在
已没有当年光影的桥头

致夏天

当绿荫爬满季节的枝头
夏天带着温煦的风
已漫步在城市和农庄
漫步在荒野和庭院

趁天空蔚蓝
趁花朵鲜艳
趁海风溅起的波涛带着清凉
田园的庄稼含笑着伸展枝丫
它长满了希冀的心事
与大地一起孕育着
繁盛与和平

为了把去年的残缺
再一次修补，重新生长
为了不辜负再一次轮回的生命
知了在整个夏天鸣唱
山间的花朵在热烈奔放

完成了使命的夏天
终归回到幽寂的家乡
纵然是匆匆一季

那妩媚的光影

将安歇于时光深处

永远没有悲伤

蔷薇花盛开时

蔷薇花盛开时
墙角的一些花草也盛开了
向途经的人释放着生命

那个曾经的富有者
嗅着花瓣
眼神依然坚毅
他手拿竖琴
弹出来的曲子如同
在维也纳大厅演奏时
一样优雅

多年前那个初夏
暴风雨来临时
蔷薇和它的花语被富有弹性的空气所深爱
才没有落下一片花瓣
淋湿的蜜蜂、蝴蝶
在绿植的照映下显得更为健壮

蔷薇花开满整个街道时
山里的菊红也盛开了
我站在凹凸不平的田埂上

终日思索
当狭路相逢
我们该如何走过

或许将沮丧和死亡
撒入梦中的废墟
清晨醒来
才会生长出
万丈光芒

寻　找

那个诗意的女子
美丽、冷静、穿着华贵的长裙
为了写好那首诗
为了探索文学、艺术
她到处搜集着
一切关于美、关于爱的事物

她寻找过去历史的足迹
那棵屹立着的大树
为何千年后
枝叶还如此旺盛
是为了展示它树干的粗壮
还是为它深爱的大地
不顾一切遮挡炎热
那个终生为对方付出一切的物种
它的灵魂一定升腾在云端之上

为了长时间寻找
她在四季里穿行
她寻找六月的惊雷和七月的风暴
寻找更新鲜的事物
比如先进的机器、船舶

寻找更多的市井日子
比如更多语种和社会风俗
里面一定有属于大自然最原始的力量

她寻找平等和奇迹
寻找肉体和灵魂的共同音符
寻找一种智慧
追溯到历史的源头
如果人与人之间
不再轻慢、虚假
即便是在黄昏
夕阳也如同朝霞一般绚丽

第三章　岁　月

岁　月

当岁月生长到
绽放火花时
路旁奔跑的孩子
停在红灯前整齐的车辆
旅途中擦肩而过的长发女子
地铁上对面坐着的陌生人
在日子的回眸中
已成为氤氲的传说

当光阴的时针穿过黎明
田间觅食的动物
耕地的水牛、犁耙
以及坐在露台就餐的家人
纤细的少女身姿
赤脚在海边漫步的男女
加班到天亮的钳工和程序员
路边盛放的蔷薇
吵闹、涌动的人群
这一切
在岁月的流经中
看起来都如此安详、美好

歌颂所有的日子

我要歌颂所有的日子
布满鲜花的礼堂
初夏的村庄
大海、风浪，还有篱笆墙上的花
那个书写者
每日关注着新闻消息
她身居城市
仍要去田间看一看
麦田、布谷鸟
或许能唤醒某个器官的新生
她要走到更远的地方
哥伦比亚湾、密西西比河畔
还有其他的各大洲
去聆听、收集不同语种和声音
她热爱这世间的一切
正如儿时在母亲的怀抱里
吸着甘甜的乳汁
生命
才快速成长

故　乡

故乡是本书
老屋、河流
却是
永远读不完的篇章
从那个健壮的幼儿出生起
他已埋在浓浓的乡土
故乡的土地上
没有人真正地活着
也没有人真正地死去
或许，日后他游历许多城市
成了诗人、演说者
或是小有名气的思想家
他的诗行、言辞里
总是
充满着飘香的庄稼味
哪怕在梦里
那牛羊、耕地及幽幽山谷
依然是儿时的模样
故乡啊
是永远扑不灭的烈火
在子夜时分
熨烫着游子的心

夏季的风

从栀子花抽出第一枝新绿开始
从清晨的第一声问候起
从开满花的苹果树到挂满桑葚果实
夏季的风已吹遍整个人间
山鹰独自在林中高歌
迎来了纯净的雨露
绿荫爬满山坡
妖娆、肃静
这一切，如同我在巴黎街头散步时
遇到的那场缤纷雨
美丽而又富有诗意
此刻，无论去什么地方
总能闻到花的芬芳
那是母亲梦中的呓语
是父亲在天黑前
走过巷子口铿锵有力的
健康、自信，男子汉气息
这所有的真实感
稍有怠慢
将随着风变得虚无
当落日来临
那光晕、倒影和迷雾

在风的穿行中
为大地织成
一片玉衣

时光的印记

把时光折叠起来
安置成一件心念的礼物
做印记
上面缀满爱的风铃
哪怕此刻
你已在远方
多年后
时过境迁，当我再次踏上
我们一起住过的小镇
黄昏时
坐在发黄的秋千上
让往事在心头荡漾
看着旧屋生长的青苔
依然能听到
时光如歌的
喃喃细语

丁香花盛开时

院里的丁香花盛开时
风踩在松软的草地上
收集着时光的花瓣

清晨早起的露珠
释放着芬芳
引来了迷途的蜜蜂
晨辉铺在多彩的大地上
向它们指引着方向
那缕金黄永远是
它们执着的忠守

一行大雁从不知名的地方飞来
天空中出现了飞翔的诗句
那久违的福音
沁入等待的心脾
像播种前的雨
深入沃土

空中飞舞的柳絮
像极了丁香花的那抹白
纯洁、静谧
柔而温暖

在四月的风中穿行

为了寻找一片
像《诗经》一样的净土
我们在四月的风中穿行
或许我们要经过南方的雨林
经过北方的原野
经过大西洋以南的众多洲
为了向大地证明
这是何等的一腔热情
当遇上路边野生的物体
哪怕是没有绿叶的植物
只要它们纯洁、祥和
就是向上的风景
或许季节让绿植变黄
让鲜花枯萎
但一经四月的风吹过
遍地的画卷
就有了期盼的双眸

光　阴

回首往事
像一只休眠多年的蝉
它干瘪的身躯
已风干在时空的角落

天空在大地上撒下多少光阴的种子
那些深藏在地下的幼苗
如今
已长成了人人敬仰的奇观

一些往事
犹如穿过的衣衫
无论钟爱与否
都在时间的钟摆里
消失

当日子拔节时
那些走远的人
以及过去让人爱恨的日子
都在云卷云舒中
恢复
最初的平静

我爱极了这初春的原野

我爱极了这初春的原野
嫩绿的草、刚刚睡醒的溪流
以及二月的风
都饱含深情

想想从前
那些迷茫，那些青春
在初春的年轮上
都已积淀成芬芳的醇香
和轻柔的花语

风收集了世间所有的美好
释放在春天
那个百合一样的女子
身穿长裙
行走在青石板上
踏出了一行行优雅的诗句

温情的音乐
从冰雪的屋子溢出
覆盖在春天的大地上
那些期待了一冬的花草

满怀羞涩，把爱洒向
山谷和原野

如果热爱一件事物

冰雪交响曲在上空回旋
它吟唱着一个时代
绚丽的花朵绽放在春天
种子萌发时的阵痛
需经多少撕裂的挣扎
天空与水面统一成碧蓝
任谁都无法分割
海鸥一声鸣唱
把生长了数年的悲伤
搁浅在大海深处
那些站在舞台中央的健将
那些在雨中行进的英雄
那些鱼儿与船只
他们穿越多少万水千山
才能抵达心中的彼岸
如果
真心热爱一件事物
如果付出一生的真情
整个天空都会为他
热血沸腾

我在时光的垭口等你

你去北方时
我正读米沃什的诗集
山后面是稻田，里面有几声蛙鸣

咖啡杯发着亮光
盛着并不完整的寂寞
昨夜的风刮得凶猛
仿佛惩罚我把所有的事搞砸

我褪去色彩和倔强
在没有星空的夜
站在时光的垭口
等雨来
等青草茂盛

小　镇

风起的日子
雨散发香橙的味道
我把昨夜的梦保存完整
唯恐有缺失的篇章

早年，我从小镇走出
如今又渴望回到小镇
想去看一看
小镇上的风铃和青石板

我们坐在一起
沉默着
花打着战，落了一整夜

绿色的小山
又绿了几层深度
我的脑海里一直呈现
在一个小卖部门口
你低头等我的样子
像个委屈的孩子

下雪的日子
我盯着红红的炉火
那火苗，多像你刚认识我时的
热情

街　巷

在一个阳春三月
在一个熙熙攘攘的大都市
我们走在街巷
天湛蓝又洁白
雄鹰比往日
高飞了三米
路边的摊贩，穿着洁净的衣服
吆喝着他们的宿命
茶馆里，诗人围坐着
谈着天马行空的诗句
昨夜的雨，洗涤了路旁的花草
像三月的春天
绿得恰如其分

雨　水

雨水在高空为田野
思考了半个世纪
为了唤醒大地发霉的身躯
纵然落下
田野拥有了繁华
只有个别的枝丫略显羞涩
这大概是
它们第一次遇见春天

雨水浇灌着山头
山间的绿植从废墟中跃出
它们哭出生锈的眼泪
释放着朦胧、晶莹的光
用温柔的眼眸吻着
大地山河

鸟儿吸食着雨水
站在森林的肩头
用歌声与徒步者对话
请你们丈量土地时
不要踩坏了
自己的墓穴

沉　默

屋内，有微光
茶香袅袅
书中故事婉转
但并不悲伤
此刻
窗外有雨
风信子开得正欢

我们沉默着
像刚熄灭的火焰
孤寂
但不灼伤

那晚，我们围坐在篝火旁

那晚我们围坐在篝火旁
路边有荒草和百合
风声在呢喃
像喋喋不休的恋人
火焰发出的火苗
是你眼里的光
是对万物的欣喜

此刻，你高举着手
望着星空
仿佛在默读一首
关于誓言的诗

这突如其来的爱
像一阵清风
像春和夏交替的雨丝
赐予天空无尽的
温柔和洁白

老　屋

老屋在遥远的远方
永远地屹立着
它用年迈的身躯记录着
日月的轮回和人间的落寞
孤独地支撑着
今生和来世

风走了一轮又一轮
雪花和游子
以及晚归的路人
在由冬季带来的迷茫中
攒够了伤痛
唯有
在老屋的咳嗽声中
才能治愈

没有被冻结的诗篇

最好在五月
趁你一头长发，宛若天使
让我们去后海采摘一些浪花
编织成一个暗喻
惊醒万千江河

我们平时的日子太过用力和刻意
身上有着湿漉漉的恐惧
也有
因自己的愚蠢行为而产生的羞愧

当一个悲痛点燃另一个悲痛
沉默才从腐朽的身体迸发
才明白
写好的诗篇从未被冻结过

庄　园

穿过河流
在燃烧的葡萄藤烟雾上
建一座庄园
玫瑰、晨露和黎明
从草地上隆隆升起
云雀的足迹
印在青草的履历上
生长出滚热的光
黑夜，从此不再疲惫

关于飞鸟

如果有一天
我们的语言和空中的飞鸟
保持一致的思想
这就意味着
在来年的春天
大地会生出一个希望
那些迷茫的人和驯鹿
在凌晨四点
就会突然卸掉悲伤
拥有智慧和美德

烟火人间

在一个冬日
大雪纷飞
鸟雀在地上嬉戏
仿佛在追赶下一个春天
室内，茶香四溢
火炉袅袅
墙上的钟表
静静地
守望着左前方的那株绿植
书中的人
演绎着生活中的故事
夜晚依着梦的尺寸
讲述着古老的远方
这大概便是
最美的烟火人间

不能被忘记的事

当我想起
两山之间的那座房子
想起房子前的那棵红杉
还有那些不能被忘记的事
我的心胸突然辽阔
想起他坦诚说爱时
是如此的单纯可爱
那时候的语言才是最真切
展现一个人的灵魂
以至于让我鼓足勇气
熬过一切
熬过疲惫的生活
翻遍许多书籍
走好远的路

夏之歌

蜜蜂围绕着蔷薇花在飞翔
它预见的美好即将发生
那些曾经错过的事情
被夏日的风
吹晾在绿色的枝丫上

君子兰在风中摇曳
发出香甜的呓语
此刻，城市和乡村
都笼罩着激情
忘记了生活中的好与坏

墙上挂着的小提琴
静止在时间的垭口
仿佛怕泄露自己多年的秘密
当夏日的风吹来
那些爱的蜜语
突然响在琴弦上

关于诗歌

诗歌从来不是来自虚幻
从远古到今天
它都像爱一样
来自灵魂的高雅
心的交融与高歌

诗歌里，那些光和日月
繁衍着大自然的生生死死
那些哲学家、诗人、先知者
用诗歌书写着历史的四季
描述着大地的艰辛

一个人的一生
什么都不会留下
只有爱和金灿灿的诗句
在持续、永恒

第四章　面对大海

面对大海

面对大海
你以诗歌装饰
来愉悦我的眼睛
让我感知哪些事物是美好的

诗筒铺在碧绿的海面上
等着归途的人
来检阅我写下的丛句

海风，无论来自哪个国度
只要带有蔷薇的香气
那便是你寄来的最好的风物
恰似你当年给我的凝露的山花
面对大海时
我拥有了所有的进步和财富
青色的浪花在翻滚
一如我当年沸腾的青春
那一场猝不及防的遇见
让七彩的时光
站成了绚丽的永恒

在有芙蓉花的广场上

在有芙蓉花的广场上
一排排青色的喷泉在舞动
花朵零碎且有秩序
商贩们的吆喝声
伴着绿色的瓜果
使天空有了淡蓝的葡萄色彩
那些漫步在广场上的人
望着一筐筐香橙
和散发着阵阵清香的芙蓉花
心中顿时有了信心
摒弃了
人性的弱点
和冰冷的人

如果在盛夏来场雪该多好

来一场盛大的雪吧
最好携带着北风
雪花落在沸腾的大地上
盖住这焦躁、这滚烫
还有那喋喋不休的蝉鸣

如果在盛夏来场雪该多好
最好伴奏着蛙鸣
一个人站在田埂上
听玉米拔节
听青草私语
看水牛耕地

如果在盛夏来场雪该多好
雪花在上空打着转儿
缓缓降落在
原野、河流和山谷
赋予它们清新、凉爽与安宁

如果在盛夏来场雪该多好
雪花落在父亲的额头上
落进母亲的白发里

就连那袅袅炊烟也泛着白
那定是游子在远方
悄悄带来的问候

奔跑吧，夏日的风

奔跑吧，夏日的风
为了赶走这枯燥的骄阳
风的声音会投入斑驳的大地
在千年古人的坟墓上开满鲜花
同时我们经历过的一切
也打开黑色的屏障
让光亮赐予我们力量

奔跑吧，夏日的风
为了去惊醒一座载满虚幻的桥
一场遥不可及的梦
一个人的日子不要太过富有
唯有埋在泥土的种子
才有向上的力量

奔跑吧，夏日的风
为了吹走这世俗的平庸
一件事情要不断地更新
注入新的血液
那些风吹过后的疼痛是生活赋予我们的顿悟

旅　行

穿过明净的早晨
去海边，去小镇
去蒙蒙的雨巷
去幽静的山谷
去寂寞的黄昏乡村
到森林，到绿色的草地
看沾满雨露的花朵
和满身香气的蒲公英

旅人们休憩在海边
浪花在风的陪伴下舞动
海鸥飞翔在上空
带着对大海的虔诚
姿态优雅

人人追随着夏天的热烈
山间的溪水不再孤独
木槿花用尽全力怒放
我不痛惜任何东西
唯有看到正奔波的溪水
和怒放的花呻吟时
最令我心动

关于从前那些事

为了让旧梦苏醒
我不止一次地拍打着黑夜
趁着天没亮
我要深居丛林
去听蛙鸣
听草拔节
去山间，替种子埋葬它多年前的秘密

关于人间的繁华
我写过太多的诗句
热烈而又寂寞
最终，人人都向往平静、安宁

关于从前的那些事
犹如多年前信笺上的字
那些日子过于洁白
尽管，那晚的誓言
让整夜芬芳
最终却荒芜在时间的沙漏里

立秋了

夏日的罗裙还没展示完
稻谷还在尽情地舞动
秋就来了
布谷鸟从清晨喊到黄昏
从明天起，重新做人
做个明亮的人

人人都想做一件影响一生的事
一群人踏上了繁华
一群人远离了闹市
大地说，跟我走吧
去种日出前的红晕
去收割落日后的喧嚣

秋日宽恕着夏季的贪婪
拂晓有了圆润的身躯
黄昏里有了更多的火焰
只要原野还辽阔
只要清晨还有早起的白雾
这便是大好的人间

当一首诗落入大海

清晨，我把刚修剪过的梦寄给你
记忆又拉回到从前
那天你高绾着发髻
眼眸清纯如水
站在树下弹奏着乐器

百灵鸟在上空盘旋鸣叫
企图唤醒睡在地下
千年的种子

如今，曾经妖娆的露珠
早已化为青烟
不沾惹尘世

当一首诗落入大海
我看到了满天星辰

一株正盛开的山花就够了

我们总要歌颂些什么
热爱些什么
合成的、未合成的
除了大好河山、清澈的溪流
还有滔滔诉不完的人间事

看那烈日下，一个人在播种
一个人在埋葬
那是我们每个人的宿命
远处山间的野花
定是诗人撒下的
一行行排比诗句

如果一个人的美和爱能唤醒春天
这世间，无论是幸福
还是哀愁
都恰到好处

此刻，一株正盛开的山花就够了
不需要玫瑰和哲思

在这个满是香气的秋天

经过夏天的洗涤和包容
秋变得更稳重、优雅
尽管昨日已成为远方
那些曾开过花的苹果树
和奔流过的大海
已赋予它成功的标志

一个人的哀愁或许在旅行中
升腾为无解的释然
和前行的力量
当你走过哥伦比亚和米兰
看到高原上最深的积雪
看到黎明时分茁壮的葡萄藤时
才明白大地给予秋天的胸怀

在这个满是香气的秋天
朝霞和黄昏
抚慰着铺在原野上的白霜
面对哀愁时
心中升出无限希冀

风从东海吹来

风从东海吹来
带着温和的潮湿
和你的安慰与期盼
为迎接你的到来
草原上的羊和马
在奔腾

布谷鸟在歌唱
声音热烈且婉转
连同地上的蝼蚁
也走出了列阵的步伐
蒲公英高昂着头
与雨水握手言和
淋湿了心
不也洗涤了藏在深处的花蕊吗
有谁看过被风吹散的赤诚

风从东海吹来
吹进农庄和田园
吹进古人的墓碑下
生出更多的诗人、哲学家
生出更多的花好月圆

秋天收割了夏天的热烈

秋天收割了夏天的热烈
风干在大地的粮仓
把那些狂风暴雨、日常琐事
和那些恼人的黑色流言
通通埋在松树林下

农夫们在耕作
上班和正回家的电装工
期盼着自由和温柔
以及灵魂的奔放
在无穷的黄昏时刻
观赏带有迷人芳香的杉木
长满青草的小河
和水中垂柳的倒影

秋天收割了春天种下的财富
积攒在冬季
赠予冰霜和雨水

秋天收割了一切
包括清脆的雨滴
和黑夜

秋日细语

秋天的雨水落入
长满清色的小溪
江河就有了长寿的一生
在这清凉的秋夜
蝉不动声色
与大地交接着未完成的使命
希望明年
会站在更高的枝丫上长鸣

秋天为了让来世的树更丰盈
忍痛埋藏了落叶
生命在不断地更新
包括农田和树林

为了那些热情洋溢的日子
为了洗涤广袤的天地
秋天的风带着悄无声息的音律
吹入大地的身躯
吹入大西洋的海湾
或直奔汹涌的大海
让浪花沸腾
让鱼儿清醒

一望无际的秋色

一望无际的秋色
是大地多产的收成

鸟雀们排着壮丽的队伍
与田地里的野花和泛着淡黄色的草
一起迎接这波涛汹涌的黄昏

高温和雷雨躲在远处
悄悄数着秋日的财富

好客的大地接收着一切
柔风、细雨
也包括风暴、雷鸣和战争

有时，悲伤不是悲伤
是分娩时的幸福疼痛

如果那晚的月光再朦胧一些

他说，他想离开城市
回到乡下，当个牧羊人

秋天在田园里采摘葡萄
收割那些温顺的庄稼

他说，多年前
如果那晚的月光再朦胧一些
蝴蝶兰结下的种子就会更饱满

他说，如果当年
能看到鲸鱼跃出海面的一瞬
如果能听到一朵花开的声音
他会卸下所有的仇恨和悲伤

他说，一个真正的健谈者是无语的
同样，一个人真正有才华的人也是无声响的
那些夸夸其谈的讲演者
是在宣讲着自己的空虚

到处是秋的蝉鸣

穿过繁华，还有那香橙的气味
到处是秋的蝉鸣

刚刚分娩的夏天
眼神依然炯炯有神
它怀抱着收割后的
残余枝丫
不停地哺育着雨水
让它生生不息

关于爱与夏天
都封存在昨天的梦里
那些热烈、纯洁
饱满与柔韧
撒入有磁性的音节上
让大海唱出古风的经典

过去的都是伟大的
包括那些瘦小
死亡和沮丧

我把秋天的雨水寄给你

九月，我把秋天的雨水
装入邮筒寄给你
连同一束紫色的鸢尾花

那个寡言的诗人
富裕、讲礼节
有人格力量的魅力
他把八月的无声和隐忍
糅进诗句
加以美学和艺术
生成一个欲望的出口

海边的游客回归于家乡
大海埋葬了燥热、赞美与批判
恢复了平静

对于一位拾荒者
当他捡着海边的废弃物时
他的心里一定装了许多
人类的智慧和哲学
对于那个漫步者
一个国家、一座城市、一个企业

哪怕一片森林、一个海域
都是一首诗

叶子落下的时候，我没有悲伤

九月，阳光明媚
护城河旁，挨着喷泉的垂柳
叶子叠起，结束了夏日的故事

野蔷薇最边缘的花瓣枯萎了
对于秋天的来临，无法平衡
它怀念春的生机
夏的热烈
依恋黄昏时的雨季

叶子落下的时候
我没有感到悲伤
直到，雨水浇湿了河流
重生了新绿

九　月

清晨的鸟鸣
唤醒了埋在地下的种子
我所期待的一次旅行
被一场大雾搁浅
而此刻，听说长安的北广场
热闹非凡

父亲从城市返回乡下
采摘了熟透的南瓜、向日葵
放在坡顶上晾晒
而此刻，阿七一直陪在他身边

九月初三的晚上
大雾散尽
树上的柿子发黄
而此刻，护城河的水
沾满了秋霜

秋风起时
大海失去了火热的游客
恢复了往日的平静
而此刻，芦花被有情人

扎成花束
赠予岁月

我记得那晚的月亮

野菊花盛开时
我被囚禁在一个模式里
只看到花瓣的热烈
正如，采风时
我只看到了旺盛的枝丫
和满是彩虹的云
从未听到种子在地下
拔节时的哭泣声

我记得那晚的月亮，还有夜来香
开满了院子，映在空中
我记得，那天
你抉择时，我假装去翻书
其实我在寻找一份勇气

我不需要用一个谎言来安慰
在没有爱的时空
到处充满了恐惧和撕裂
你应该只代表着你自己
来爱我
正如那些被研发的机器

尺寸上不能出现
半点的虚假

从一朵花开开始

我在 56 号广场酝酿一首诗的时候
看到了一朵正盛开的花
花的气味上
赋予着精心与善良

一只猫在树与树之间呼唤
寻找着欲望的出口
天桥上，那些相爱的人
必定有故事发生
争吵、愤怒
或相依相拥

从一朵花开
开始
从浪花跳出大海的一瞬
时间记录了流年
那位诗人
记录了人间的
冷暖

十月的故乡

十月的故乡，落满金黄
它用秋的丰盛
思念着远方的游子
当故乡对着游子呼唤时
所有的河流和风
都变成了优美的诗句
故乡的天空湛蓝、深奥
它用一生的积蓄
孕育着贫瘠的土地
秋来时，满园昌盛
此刻，它退去繁华，用最低沉的声音
给游子讲着
比生命更古老的故事

在清晨

在清晨，我喜欢听着雨声
读一读米沃什的诗集
于是
那些铺天盖地的秋色
就在氤氲的香气里隆隆升起

在清晨，我想写一封回信
字里行间有着浓浓的情谊
于是
心像六月的白雪
清凉又洁白

在清晨，我愿在嘈杂的早市
与商贩们聊一聊今年的年景
于是
在他们身上再一次
感染对生活的热情

在清晨，我与一朵正盛开的花对话
它努力绽放的时刻
大地孕育了山河

大 海

书架上的芬芳
指引我走近大海
那些无须解释的事
在旅途中随之消散
如果人人脱去伪装
赤裸裸的真诚被大海收藏
那些叶草和乐章
会在早起的晨曦中飞舞

为了接近美
为了鱼类的延续
为了鲸鱼与海草靠近
大海让浪花
不停翻滚

山河积攒了多少智慧
在人潮汹涌中
不语
旅途中遇到的那些人
定是风和云
在山中呼唤了多年

第五章　关于美

关于美

美是什么
是雪花飘落地面一瞬的洁白
还是小桥流水的清澈
是在清晨，那一池塘
出淤泥而不染的荷花
还是在人潮汹涌中
不乱心的洁静

美是什么，美应该是
海边站立的
窈窕影像
是与晨光一起东升的太阳
是守望伟大雕塑时倾慕的眼神
是文学里滚烫的诗句

美不是一个传说
是旅行中与花草对话的山雀
是与鸟儿共鸣的原野
是对着天空朝拜的山河

当你累时，可以在风中小憩

当你累时
可以在风中小憩
海风吹到海岸时
就躲进海的怀抱
船只靠近码头时
就与风握手
白鸽在空中起舞时
会与云私语
山间的野花盛开时
河流会泛起白光
森林里的雾接近云霄时
大地就开始
播种春天

秋浓时，园里满是果子的香气

秋浓时
园里满是果子的香气
这时清凉的大地已换上金色的新装
多情的海水退去了夏日的炙热
对潮汐的涨落没有赞扬
也没有仇恨

田野里又铺了一层新绿
向枝头上的知了发出了
和解的信号
天空的蓝比往日的颜色深了些
仿佛再也不会出现暴风雪

那不偏不倚的果子
散发着芬芳
仿佛在召唤着曼哈顿的学子
归来吧
你从小编织的宏图
充满自由和神秘

那一年，或许我写的诗句过于坚硬

那一年
或许我写的诗句过于坚硬
湿润不了你的心灵
没有花草、树与黏合的风
你屏蔽了我所有的日子

日子与诗
不应该选择单调的疼痛
择一味良方
去密西西比河流域
去加利福尼亚
去无人问津的温柔小镇
当阳光洒满了大地
雨后的尘埃
也会泛出淡淡清凉

我们渴求智慧时去山里采风

我们渴求智慧时
去山里采风
去海边领悟
在乡愁中
丈量星斗运转的速度

思想上的疲惫让我们分离
但爱的探索
永远不会让我们迷失
人人对着生命哀叹
但生命总给人希望和宽慰
雄鹰不需要怜悯
它在高空中展翅时
已与自己和解

秋天的小镇

秋天的小镇还在睡梦中含笑
古桥上已落满金黄
长椅上坐着归来的游子
数着旧时的钟声

站在青苔上的女子
穿着文艺复兴时期的长裙
静美、飘逸
这世间的美好
集结于这安详的小镇

落叶飘在雕像的手掌之前
它已见证了今世的一生

我们坐在阳台上，月光便倾泻下来

月光漫过山顶
铺在金黄的油菜花上
萤火虫在溪边小憩
等待着蛙鸣响起

那一排排绿油油的原野
是二十世纪的人们
播撒下的种子
脚上穿着古老鞋袜的农夫
走在风吹过的田埂上
他们耕地的姿势
像极了唐代诗人
在挥洒笔墨

我们坐在阳台上
来不及对视
月光便倾泻下来

在雨夜，我愿与一朵花交谈

十月的雨水
打湿了路边的风景
白天荒废了那么多
在雨夜
我愿与一朵花交谈
讲述着绿沙滩
以及远古的海岸线
讲述着
七年前的夏天
怎样阅读经典的草原

风吹来
卷着你的影子
没有吹散刚编织好的云朵
花蕊张开着
诠释着根部的坚硬
于是，把杂念晾在窗台
就这样，静静地
与夜相守

抓不住的雾，由它散去

抓不住的雾，由它散去
此刻，你就抓住了生活
抓住了热腾腾的露珠
抓住了昨夜在梦里的向往

面对汹涌的大海时
不要问鱼儿的出身
不要问孤岛上的那片野草
为何开得如此茂密
一切生命
皆有律有序

当雾散尽
重生的珍珠会散满沙漠
坚硬的种子长出枝丫
白与黑不再较量
那纷纷扬扬的雪花
就在大地上开满了
圣洁的诗句

为了与你相遇

为了与你相遇
在天黑之前
我在草原安营扎寨
我知道
风会引渡你来

为了与你相遇
我用箩筐装满我的诗句
你说，我写的诗句
太过于天马行空
你可知，我对你的爱
像溪流，漫无边际
无尽地奔腾

为了与你相遇
为了让叶草捎去我的消息
请给我一扇窗，让我眺望你
同时也给我一条河流
让我洗净身上的尘埃
赠送你洁白

走着走着就到了

当你为爱讲述时
便披露了生命的一切
如果一粒种子就是一个希望
真爱就是
一个人诉说，一个人理解
除此，还有日日更新
不停地注入新的血液
否则，将是没有波澜的
一潭死水
拥抱之间不应该有猜忌
否则，没有甜蜜可言
穷与富隔着什么
一扇窗，还是一道门
还是在于思路堵塞时
主动跨出的一步
那棵山间无人问津的野草
它的一生
也是一部民族的历史吧
当灵魂与肉体不再斗争
那束希望之光
走着走着就到了

我们出发后就一直向前

我们出发后就一直向前
无论是山巅，还是风雨
一件事情
只要用心做了就是英雄
或者演讲时
今天的你比昨天多了
一个手势，哪怕是略带夸张
你就是神奇的斗士

初春时
天空会分洒给你更多的甘露
雨水会带给你更多的清凉
如果一个人在深夜时
能听到一朵花开的声音
他一定有一个想象中的爱人
充满柔情和机智

沿途中，等你散步的那个人
不用预约
她已穿着那款在夏威夷
买的长裙
在小桥边等你

八月无声

八月无声
这是你在加利福尼亚时
我早早想好的诗句
彼时，辽阔的草原上
飘来桂花的香气
它来自山河的经纬

八月的星星
没有在银河中浅游
它痴迷于月亮神圣的洁白
还有那如花骨朵般的静美
它靠近月光
用颤抖的手臂
拥抱着不完美的弯曲

如果一个人对某件事物
或某个人痴迷
一定是风信子的气味
注入了他的体内
香气来自
二十世纪的草叶

一个人虔诚时，小溪能变成大海

秋天的雨露来时
我在给栀子花不停地浇水
唯恐你来时
它开不出白色的温柔

八月无声
九月喧闹
十月的沙滩归于平静
珍珠是有想象力的科学家
为敢于登顶的人
编织着它的晶莹

哲学家从不兜售智慧
他们只书写着美德和情怀
一个人虔诚时
小溪能变成大海
萤火虫的光
也如同太阳

石榴花盛开时，果园里没有了喧嚣

唯恐大地不茂密
出发前我检查了所有的行囊
那些带星号的特殊标记
压缩成一粒粒精致的种子
隐藏在红色的裙摆下

那些期盼而不得的事情
绊住了灵魂的脚步
它向辽阔的地球求助
可是
地球永远不是个悲悼的物体
围绕它转的也不是傲慢、嘲讽的风声
它是不断前进的胜利者

你是选择快乐还是安宁
如果你不够虔诚
无论朝着哪个方向
都逃脱不了惊慌的枷锁

三月过后，石榴花盛开
果园里没有了喧嚣

没有什么比清澈更明净

此刻，黄昏时
鸟雀在清洗羽毛
真实，有微光
那个拔牙的医师
在无影灯下工作
干净利索，有一种秩序的美

或许，我写的诗句还不够完整
没有赋予他们更多的赞美
但我会用山花、溪流
给予它们装饰
还有什么
比清澈更明净的呢

如果我用的助词足够宽大、仁慈
不停地在叶与叶之间，宣讲
绿的成熟之美
那么，在风睡眠之前
一些人会奔赴山顶，去亲近
辽阔的月光

旧石器时代的饥饿恰到好处

也许，旧石器时代的饥饿
恰到好处
如果我的物质的丰富得不到祝福
得不到心爱的人或亲人聆听
在街头漫步时
再没有人回顾
梦里只听到怜悯的声音
那么，快乐就像一片秋叶
在孤独绝望中飘逝

如果我的快乐得不到祝福
一定是没有合乎标准的条款
命运之神仁慈、宽厚
但也严格把关
当今，也许，旧石器时代的饥饿
恰到好处
你看那裸露的身躯，为何
没有半分突兀

无语就是最大的甜美

有人说这是春天
有人说这是夏天
这些都没有对错
重要的是不要辩解
在夏天
如果你能听懂
田埂上的鸟雀在说什么
在黄昏
如果你能感知忽明忽暗的云
在拼接着什么
在狂风暴雨时
如果你能猜出沙滩上的那块鹅卵石
在海水中漂流了多少个世纪
在我想你的时刻
如果你在路边撒下一片落叶
做标记
无语就是最大的甜美

梦

梦，像湖泊般晶莹
那绿色，在松树林里
变得幽暗
是谁在凌晨里早起
为昨夜没有悲伤的句子

梦里，只因
太爱那棵红杉
才会在多次场景中描绘
无论黑夜还是白天

奔赴那朵雪莲时
只要在天黑之前到达
这次冒险之旅
就不会悲伤

真正的爱不会潮湿

我从宫殿里走出
在茅屋前盛开
为你展示一生的青春

真正的爱是
从风走向风，在晨祷中
寻找神秘的四叶草

通往仲夏的路并不平坦
绿色和金色交错
可盛开的郁金香
没有畏畏缩缩

晨曦中，浓密的枝条上泛着银色的露珠
仿佛有哲学的美
如果灵魂与皮囊保持一致
雨来时，万物
都不会潮湿

雨来时，我和你在一起就足够了

傍晚时，路边有成堆的落叶
雨滴看起来奇妙
像正呼吸新鲜空气的珍珠
我知道，雨来时，只要
我和你在一起就足够了

你不高大，有一种纤瘦的美
雨来时，你的眼眸
深邃、光洁
有看到你发布的重大新闻时的
欣喜

砖与砖之间的青苔
茂密且整洁
雨来时
那些绿色的缝隙里
装满了
激情和馈赠

我写诗，先愉悦我的心灵

每个人有每个人的秉性
如果谁能改掉
哪怕五毫米的执拗
他就朝开满格桑花的路上
走近了一步

我写诗，先愉悦我的心灵
然后再让人传诵
你说爱和死亡才最美丽
如同鲜花和枯叶

闲暇下，可以为羞涩的叶草施肥
可以在绵绵的黄昏敲响钟声
可以在暴风雨来临时
给山里的菊红披上草衣
也请允许我在早晚祈祷
在君子兰盛开前
雨露不要降落

我们沉默了一路，却彼此思念

走在路上
最好没有终点
任岔路口丛生
任一片片果园释放着芬芳
任村庄与城市交融

任大丽花开在泥土墙下
任纪念馆里有着
旧时会议的气息
一辆车碾压过
另一辆车的影子
实物却完好

列车里唱着牧歌
载着他们从远方酿造的伴手礼
我们相互对视着
沉默了一路
却彼此思念

宽容的爱让我们释怀

一个人无助时
如果跟花草
做一场对话
如果在一个大雪纷飞的夜晚
与街灯含笑对视
那些忧虑
逐渐变得甜美
梦里也没有饥饿

如果爱
将我们俘虏
宽容的爱会让我们释怀
同时也催我们快速生长

真正的智慧
不会让人哭泣
如果一个人的幸福里
有颤抖的声音
那些赞美
必定掺杂了隐藏多年的谎言

果　园

从朝霞开始
从苹果花吐露芬芳开始
直到暮光
拔草、给蜂蜜增添甘露

铺在地上的白光
映在苹果树上
红晕支撑着枝丫
果实颗颗饱满

野生的草莓
用幻想的力量
扫尽白霜
伸展着它的藤蔓

那颗落果背诵着惩罚的条款
匍匐在树的根下
在来生的春天
释放花的芬芳时
一定用恰如其分的力量

以一朵花的名字命名

我以一朵花的名字命名
作为题目
为了不显示悲伤
用黑体字书写着
跟花无关的内容

昨日写好的诗句
太过于完美
那些赋予天空的赞美
突兀在幻想之下
像永远达不到的远方

我的那件标志性的风衣穿了太久
色彩有些倔强
图案上的牵牛花开得如此热烈
仿佛没有任何悲伤

在每个生命里
不败的花永远让人着迷
是个茂密的假象
桌上的杏子干瘪着
却以荣耀的形式呈现

也许过了今夜就好

庭院的苹果树
开满繁花
略有淡青色
飘浮着白里泛黄的气味
仿佛没有多少智慧
像你今天看我的眼神
敏感、严厉
该是我在你昨夜梦里
再次犯了错
当你看到那音乐冉冉升起
如少女般充满朝气
当我用清澈的嗓音
在开满莲花的池塘边
为你再次读诗
也许过了今夜就好

我试着爱我憎恨的事物

那个孤独的采摘者
在喧闹之前
听到了寂静的声音
那是风信子向大地
吐露的呓语

我试着爱我憎恨的事物
及仇视的人
给河堤上生长的野菊花浇水
把某种尘世之物整理成花束
用这些，以忏悔

山间的栀子花开了又落
无人问津
从孤独走向孤独
或许只有泉水听到过它
盛开时的灿烂

梦会立刻被惊醒

风把昨晚捡回的落叶
晾干在阳台
那些暗褐色的纹路
还保留着绿时的模样

一只白鸽引吭高歌
用它甜美的音符
企图换醒远方的爱人
想想往日，他们为了追逐名利
精益求精
执意保持分离

还有什么比被人爱
更要紧的呢
当枫叶额头上布满沟壑
当被割过的草
再也没有清新的气息
梦会立刻被惊醒

我曾经思念我走过的每一个地方

我曾经思念
我走过的每一个地方
绿沙滩、红河谷
古镇上的风铃
以及遍地金黄的橘园
旅途里的日子
盛开着蔷薇般的潮湿
和谐、轻松

从古镇的小河
到集市
保留着祖德流芳的事迹
英雄人物、雕刻花木
老屋前的郁金香
都拍摄在潺潺的音乐里

桥头上的青苔
有古人抚摸过的印记
与你从远方发来的风景
相融
那些地标、旗帜
柔和、鲜明

像编织的代码
像古人留下的诗句

那转瞬即逝的美

最初的相识
在古镇的红杉树下
倾慕于
你对白云的解读
倾慕于
你热烈后的沉静

那个海滨之夏
我再没有
坐在帆布椅上看鸟雀觅食
再没有
数白云编织的羊

只怜惜那昙花
那转瞬即逝的美
或许，将永恒
活成一片浓绿

诗是天空的秘密

诗是天空的秘密
不允许用语言来泄露
它把感情赋予鸟类、大海、植物
山间的溪流
和最高山顶上的积雪

秘密把爱和火糅在一起
形成不死鸟
谁能把它们从中剥离呢

大自然删减着
不太茂密的丛林
和枯竭的野榛子

风云起时
天空由蓝变淡紫
用心事调和着
安静的诗行

如果生命是一场酣睡

如果生命是一场酣睡
旅途中的梦景
就是我们真实的家园
就让那些安逸、享乐的人
沉睡
让登上山顶的人宣讲
冰雪和爱的真谛

让那些沉默的人
拾荒者
诠释哲学

让那些安全卫士
开启节能模式
扫描大地，修复着
人类的文明

你沉默的时候，讲了最美的哲学

天空收集了所有的孤独
以沉默
集结成雪花
以隐忍
飘落在潮湿的泥土里

紫丁香埋在树下
以香凝、以守候，期盼着
来年的春天

被风吹瘦的桂树
一言不发
就像一个人
沉默的时候
讲了最美的哲学

我喜欢在路上遇到的一切

我喜欢在路上遇到的一切
正怒放的香樟树
有着无数秘密的溪流
和正飘落的雪花

有营养的有机食物
不含铅和汞的油画
品质良好的检验员
没有破坏性的暴风雪

赤着脚，挥汗如雨
正插秧的农民
被灌溉了一半的稻田
落在海里没有声响的雨滴
刚刚背诵完古诗的孩童
半夜加班的机械工
经受智慧考验的入职者

无论我遇到什么
包括那冒着热气的
刚刚研发的机器
都一身正气

我们的言行，都是被表彰过的

有一天我们厌倦了彼此
就让我们再一次相识
由海鸥掬一缕浪花
为我们做一件五彩缤纷的嫁衣
过去的纷扰
由孤舟运往海底
伴随着鲸鱼的呢喃沉睡

想想往日
你用栀子花为我编织的花环
你那健壮富有朝气的身躯
你为我从诗篇中寻找
我需求的东西
那时，为了早一日得到你的音信
我屏蔽了外界所有的消息

我们的言行
都是被表彰过的
设计的未来历史
是多么富有个性的图形
当我们厌倦了彼此
就让我们重新
再一次相识

花枯萎时，它生成了思想

花朵枯萎时，严肃庄严
此刻，它与大地的距离，那么近
却那么美，它蘸着
最后一缕清香
写尽世间的繁华和沧桑

关于怒放的往事
对悲伤者的仁慈、友善
让月光、让晨露记录
让岁月赋予它
饱满的诗行

花朵枯萎时，请不要悲伤
它已生成了思想

万物皆有生命

给一条河流
一朵浪花、一缕月光
加一分养分
添一分清爽
天地间，就会
长出快乐和洁白

把山间的野花、溪流
以及带着春天气味的金合欢
加以优美的旋律
那些被遗忘的诗人、美学家
就会重生

黎明与黑暗之间
隔着什么
晨露组成了宝塔吗
雨水绘画的
长有杂草的苹果园吗

大海赋予浪花智慧
来解答
离开厌倦和迷乱

离开翻腾的毒液
让清澈的星辰唱赞歌
让泥土呼吸
让枯枝发出新芽
让梦活在清醒与梦幻之间
因为
万物皆有生命

看到雪花时，我写下了满屏的春天

弯下腰，与母亲脸颊挨近
我知道，我的远游
是为了不让
自己的体形变得粗糙
是为了让母亲脚下的土地变得
更温润、潮湿

为了我写下的诗句，不变得陈旧
我尽可能
每日注入新的知识
呼吸晨曦中最新鲜的空气
亲近山里的野花和溪流
以及对老屋最真切的问候

就这样，看到雪花飘落时
我写下了满屏的春天

有些地方一生只路过一次

有些地方
一生只路过一次
有些人
一生只相识一段时光

被挑拣回来的君子兰
少了叶片的那束蔷薇
大西洋海岸的一粒贝壳
出发前与父亲的对话
包括
黎明前那场酣畅淋漓的梦

我与它们一生
也只相逢一次

我远离你，却没有分开

微风带着香草的味道
带着雪花的洁白
梅的清香
迎接春天

雪花与雨水之间的裂痕
由白露填满
风云与雷电
讲述者用艺术的口吻平息
紫罗兰重复着岁月
释放着哲学与智慧

如果美好的事物被时间遮掩
我们并不悲伤
圣洁的灵魂
已生长在彼此的体内
如同，我远离你
却没有分开

后　记

走着走着就到了

差不多一年的时间，我写完了《青苔》这本诗集。韩鲁华教授说我写的诗是心的流淌，是自然而然发自内心的声音。一个人活着总要不断地前行，在前行的道路上，诗是指引我们的灯塔，有了它，我们就不畏惧黑夜，再长、再远的路，走着走着就到了。

《青苔》这本书让我对生活有了更多的认知和感悟。随着年龄的增长，我发现自己慢慢变得没有了以往的棱角，当一件事情出现，不急于与别人争辩，而是用平常心、爱心做一场和谐的交流，如此下来，皆大欢喜，而不是满目疮痍。对于朋友，清淡如水的交往是最美的一种感觉，不远、不近的观望，是最融洽的角度。

我一直认为，爱能治愈一切。不仅是对人的爱，倘若对一景、一物，甚至对一棵树、一片叶草都能赋予情感，去呵护，去赞美，他的内心一定是丰盈的，不被世俗所击败。有了爱，我们就有了一切，在精神上就不会贫穷。所以当我看到路边的花草、山间的小溪、埋在地下的种子，我都会赋予它们诗句，于是，我写出了《早安，春天》：

好多事物都源于春天
梦的惊醒
花的盛开
以及一粒种子的旅行
在这个能把往事清零
满是清晨露珠的春天
色彩迎着风

悄悄洒入大地
如果我的思绪枯竭到
只能写一首诗
那么，我就只写关于春天的诗
因为，一切美好的事物
只有在春天的泥土里
才会生根、发芽
释放芬芳
当心简单到只关注到一阵风
一棵树
一片原野
胸怀才会宽广到
热爱世间一切物种

我对田野有一种天生的情结。每当周末，我会开车去郊区的田地里走一走，感受原野的博大与宽厚，这时我会想到我的家乡、我的父母。当我看到在田里耕地的农民伯伯，便写下了《农夫》：

在梦想成真之前
他们用额头上的汗水
浇灌山河
他们豪迈、有尊严
不慵懒
他们播种时
带着爱，带着旭日的红晕
与大地共生

当我忙碌了一天，想让心静一静时，我就走到山坡上，在黄昏下感受夕阳西下的静美，于是写下了《在这个满是风的黄昏》：

在这个满是风的黄昏
雨没有来
约好的飞鸟也没有来
我为八月写好的诗句
晾在庭院
许多时候
我想用某些文字来记录岁月
比如这个满是风的黄昏
比如在那个满是星辰的夜晚
如果一首空灵的音乐
也治愈不了一个人的悲伤
就在黎明前
删掉梦中发生过的虚无
向窗外看一看晨曦中透明的街景
听一听花开的声音
春天再来时
一切都如期而至

这些随心而作的诗句，是一景一物对我的一种赏赐，也是我对它们最大的热爱。爱能让人激情澎湃，爱也能让花和草木永生。如果一个人能听到花开的声音，能在大海的波涛汹涌中感到静谧，那些转瞬即逝的美也将是永恒了。

之所以书名叫《青苔》，是因为青苔让我想起家乡的老屋和亲人，那些瓦片上的青苔就是我身上的一块印记，无论走到哪儿，都随身携带着的一种永远的记忆。人的一生，都在旅途上奔波，无论走到哪个驿站，家乡是刻在骨子里的一种永不被磨灭的气息，根植于骨髓，渗透于血液。

最后，愿《青苔》能给大家带来一些精神上的食粮和愉悦。如果哪首诗刚好拨动你的心弦，那将是我最欣慰的一件事，亦是我努力前行的最大动力。另外，非常感谢韩鲁华教授一直以来对我写作的鼓励，很荣幸他能为我这本书作序，同时也感谢陪我一路走来、支持我的朋友，我将不辜负你们对我的期望，尽可能创作出更多让人满意的作品。